L'AMI
DE LA MAISON,
COMÉDIE.

Les Paroles ſont de M. MARMONTEL,
de l'Académie Françoiſe.

La Muſique eſt de M. GRETRY.

L'AMI

DE LA MAISON,

COMÉDIE

EN TROIS ACTES ET EN VERS,

Mêlée d'Ariettes ;

Représentée, devant SA MAJESTÉ, à Fontainebleau, le 26 Octobre 1771.

DE L'IMPRIMERIE

De P. ROBERT-CHRISTOPHE BALLARD, seul Imprimeur pour la Musique de la Chambre & Menus-Plaisirs du Roi, & seul Imprimeur de la grande Chapelle de Sa Majesté.

M. DCC. LXXI.

Par exprès Commandement de Sa Majesté.

ACTEURS.

CÉLICOUR,	Le Sieur Clairval.
AGATHE,	La Dlle. Laruette.
ORFISE, *Mere d'Agathe.*	La Dlle. Desglands.
ORONTE, *Frere d'Orfise &* *Pere de Célicour.*	Le Sieur Caillot.
CLITON, *Ami d'Orfise.*	Le Sieur Laruette.
UN LAQUAIS.	

Le lieu de la Scene est une Maison de Campagne.

L'AMI DE LA MAISON,
COMÉDIE.

ACTE PREMIER.

Le Théâtre repréfente un Salon.

SCENE PREMIERE.

CÉLICOUR, AGATHE.

CÉLICOUR.

BELLE coufine, hé quoi ! vous me fuyez toujours !
Je ne fuis en ces lieux que depuis quinze jours ;
Et de m'y voir vous êtes laffe !
Les heureux momens que j'y paffe,
Ne feront-ils pas affez courts ?

A

AGATHE.

AIR.

Je suis de vous très-mécontente,
Très-mécontente, entendez-vous ?
Je vous croyois docile & doux ;
Vous avez trompé mon attente.
Je suis de vous très-mécontente,
Très-mécontente, entendez-vous ?
        Hé quoi ! sans cesse
        Suivre mes pas !
Chercher mes yeux ! me parler bas !
Et me sourir avec finesse !
        Belle finesse !
Vous croyez qu'on ne vous voit pas ?

Je suis de vous, &c.

        Des vivacités
        Sans fin, sans nombre ;
        Vous vous dépitez ;
        Vous devenez sombre ;
        Vous ne me quittez
        Non plus que mon ombre ;
Toujours assis à mes côtés.

Je suis de vous, &c.

CÉLICOUR.

Pardon, belle cousine. Oui, je suis trop sensible ;
Je devrois retenir ces premiers mouvemens.
    Mais se vaincre à tous les momens !
    L'effort est pour moi trop pénible.
    Près de vous mes empressemens

N'ont pas, je crois, besoin d'excuse.
Quant aux vivacités dont je sais qu'on m'accuse,
Rien de plus pardonnable. Avec moi, sans façon,
Je vois que tout le monde en use,
Et qu'on me traite ici comme un petit garçon.
Depuis plus de six mois je suis sorti des Pages;
Et je connois assez le monde & ses usages,
Sans qu'on me fasse la leçon.

AGATHE.

C'est un avis pour moi.

CÉLICOUR.

Vous savez bien que non :
Jamais l'amitié n'humilie.
Mais il n'est pas ici, jusqu'à Monsieur Cliton,
Qui sans cesse avec moi s'oublie,
Et prétend me donner le ton.

AGATHE.

Pour celui-là, je vous supplie
De le ménager.

CÉLICOUR.

Moi !

AGATHE.

Vous-même, & pour raison;
Car c'est l'ami de la maison.

CÉLICOUR.

Vraiment! votre mere en est folle;
Et comme elle chacun le croit, sur sa parole,
Un Savant, un Sage, un Caton.

A ij

AGATHE.

Hé bien? laiſſez-les croire.

CÉLICOUR.

Oh! tout cela me bleſſe.

AGATHE.

Mais, mon petit couſin, je ne ſais pas pourquoi.

CÉLICOUR.

Par exemple, là, dites-moi,
S'il eſt bien qu'avec lui votre mere vous laiſſe
Des heures tête-à-tête?

AGATHE.

Il le trouve aſſez doux.

CÉLICOUR.

Je le crois bien.

AGATHE.

Raſſurez-vous:
Un Sage eſt exempt de foibleſſe.

CÉLICOUR.

Un fade adulateur, un cenſeur importun,
Tombé céans comme des nues,
Dont les mœurs vous ſont inconnues,
Et dont l'état conſiſte à n'en avoir aucun :
Voilà ce qu'on appelle un Sage.

AGATHE.

Oui, ç'en eſt un,
Car il le dit.

CÉLICOUR.

La preuve eſt claire.

AGATHE.

D'abord, il n'eſt jamais de l'avis du vulgaire.

CÉLICOUR.

C'eſt n'avoir pas le ſens commun.

AGATHE.

De plus, il mépriſe un chacun.

CÉLICOUR.

Qui, je crois, ne l'eſtime guere.

AGATHE.

Il raiſonne de tout.

CÉLICOUR.

   Et n'a jamais raiſon.

AGATHE.

Sait l'hiſtoire, la carte, & même le blazon.

CÉLICOUR.

Science rare !

AGATHE.

   Et néceſſaire.

Sur un globe avec lui je parcours l'Univers.
Dans les tems reculés avec lui je me perds.
  C'eſt lui qui m'inſtruit, qui m'éclaire.
Il veut me rendre habile.

CÉLICOUR.

   Ho ! moi, je vous prédis
Qu'il a des deſſeins plus hardis.

AGATHE.

Et quels deſſeins ?

CÉLICOUR.

Mais, de vous plaire.

AGATHE.

Tant mieux !

CÉLICOUR.

Oui-dà ?

AGATHE.

J'en suis bien aise.

CÉLICOUR.

En vérité ?

J'en suis bien aise aussi. Quelle tranquillité !
Et s'il se réserve à lui-même
Un prix qui n'étoit dû qu'à moi, qu'à mon amour ?

AGATHE

Vous n'y pensez pas, Célicour.
Est- e que vous m'aimez ?

CÉLICOUR

O ciel ! si je vous aime !
En doutez-vous, Agathe ?

AGATHE.

Et qui me l'auroit dit ?

CÉLICOUR.

Qui ? mon ravissement, mon trouble, mon ivresse,
De mon cœur agité la joie & la tristesse,
L'inquiétude & le dépit ;
Tout, jusqu'à mon silence.

AGATHE.

Ho! je n'ai pas l'adreſſe

D'expliquer le ſilence.

CÉLICOUR.

Et mes ſoins aſſidus ;

Mes ſoupirs, mes regards, qui vous parloient ſans ceſſe?

AGATHE.

Je ne les ai pas entendus.

CÉLICOUR.

Je ne m'étonne plus de vous voir ſi paiſible.

Je vous paroiſſois fou : vraiment, je le crois bien :

Votre cœur étoit inſenſible

A tous les mouvemens du mien.

Mais non, cela n'eſt pas poſſible.

Par exemple, cent fois, en vous donnant la main ;

J'ai preſſé doucement la vôtre dans la mienne.

AGATHE.

Je ne l'ai pas ſenti, du moins qu'il me ſouvienne.

CÉLICOUR.

Et l'autre jour, dans le jardin,

Quand je louois tant cette roſe,

Fraîche, vermeille, à demi cloſe,

Qui répandoit dans l'air le parfum le plus doux ;

Et quand j'aurois voulu me changer en abeille,

Pour avoir de la roſe une faveur pareille

A celle dont j'étois jaloux?

A iv

AGATHE.

Hé bien ?

CÉLICOUR.

La rose, c'étoit vous;
Et ce pigeon plaintif & tendre,
A qui je souhaitois une colombe ?

AGATHE.

Hé bien ?

CÉLICOUR.

C'étoit moi, vous dûtes l'entendre.

AGATHE.

Moi, je n'entends jamais que ce qu'on me dit bien.

CÉLICOUR, *vivement.*

Je vous dis donc que je vous aime ;
Que je veux être votre époux ;
Et que je ne puis voir, sans un dépit extrême,
Qu'un autre ose prétendre à des liens si doux,
M'entendez-vous enfin ?

AGATHE.

, Oui, vous êtes jaloux,
Cela fait bien du mal !

CÉLICOUR.

Il dépend de vous-même
De m'en guérir, de me calmer.

AGATHE.

Que faut-il pour cela ?

CÉLICOUR.

M'aimer.

AGATHE.

Vous aimer ! Après ? Je fuppofe
Que nous nous aimions. Croyez-vous
Qu'à nous unir on fe difpofe ?
Et qu'avec vos vingt ans, vous foyez bien l'époux
Qu'à votre coufine on propofe ?

CÉLICOUR.

Ah ! quel malheur vous m'annoncez !
J'en mourrai de douleur ; mais, avant que je meure,
Dites-moi feulement, je t'aime : c'eft affez.

AGATHE.

Oui, je vous aime, à la bonne heure ;
Mais plus d'impatience, ou je me fâcherai.

CÉLICOUR, *très-vivement.*

Ho ! non. Je me poffèderai.
Je fuis aimé, je fuis tranquile :
A préfent rien n'eft plus facile ;
Et plein de mon bonheur, je le renfermerai.

AIR.

Oui, déformais je me poffede.
Je fuis prudent, je fuis difcret.
Quoi qu'on me dife, ho ! oui, je cede,
Et je garde là mon fecret.

Mais vous , Monſieur Cliton,
Changez d'air & de ton.
Je ſuis humble & timide;
Jamais je ne décide;
Je ſuis humble & timide;
Mais n'en abuſez pas:
Monſieur Cliton, un ton plus bas.

Oui , déſormais je me poſſede.
Je ſuis prudent , je ſuis diſcret.
Quoi qu'on me diſe , ho! oui, je cede ,
Et je garde là mon ſecret.

Devant ma tante,
Je me préſente
Les yeux baiſſés.
Qu'elle commande,
Qu'elle défende;
C'en eſt aſſez.
Neveu ſoumis,
Pour lui complaire ,
Je cherche à faire
La cour à ſes amis.

Mais vous , Monſieur Cliton, &c.

Oui, déſormais, &c.

SCENE II.

ORONTE, CÉLICOUR, AGATHE.

ORONTE.

AH ! mon fils, te voilà ? Tant mieux : je te cherchois.
Réjouis-toi. Ma sœur ... quelle sœur ! quelle femme !
Tu le savois, Agathe, & tu nous le cachois.

AGATHE.

Moi ! non, je ne sais rien.

ORONTE, *à Célicour.*

Elle a lû dans ton ame ;
Elle met le comble à tes vœux.

CÉLICOUR.

Ah ! mon pere !

ORONTE.

Oui, mon fils, dès demain, si tu veux,
Tu peux partir.

CÉLICOUR.

Comment ?

ORONTE.

Du bien que je possede,
Elle a su que j'allois employer la moitié
A te mettre au service ; elle vient à mon aide ;
Et sa généreuse amitié

Te fais don du brévet qui t'ouvre la carrière.
Rien ne s'oppofe plus à ton ardeur guerrière.
La fortune t'appelle , & la gloire t'attend.
Te voilà Capitaine.

CÉLICOUR.

O ciel !.

ORONTE.

Es-tu content ?

CÉLICOUR , avec embarras.

Je me fens pénétré des bonté, de ma tante ;
Mais vous , mon pere...

ORONTE,

Hebien ?

CÉLICOUR.

Vous , de qui je dépends ;
'A recevoir fes dons faut-il que je confente ?
C'eft le bien de fa fille ; & c'eft à fes dépens...

AGATHE.

Célicourt , avez-vous envie.
De ne plus me revoir ? C'en eft fait pour la vie ;
Si vous répétez ce mot là.

CÉLICOUR.

Je me tais.

ORONTE.

Oui , laiffons cela.
Tu n'as plus rien qui te retienne ;
Et mon impatience eft égale à la tienne.
Allons. Viens d'abord t'acquitter
De ce devoir fi doux de la reçonnoiffance.

CÉLICOUR, *retenant Agathe qui veut s'en aller.*

Un moment, chere Agathe. Avant de nous quitter,
Mon pere, écoutez-moi.

ORONTE.

Qu'eſt-ce ? Une confidence ?

CÉLICOUR.

Mon pere !

ORONTE.

Au fait.

CÉLICOUR.

Depuis que nous ſommes ici ;
Je n'ai ceſſé de voir Agathe.

ORONTE.

Elle eſt jolie ;
Ta couſine !

CÉLICOUR.

Ah ! charmante.

ORONTE.

Elle eſt douce, polie;
Je l'aime tout à fait.

CÉLICOUR.

Hélas ! je l'aime auſſi;

ORONTE.

Je n'ai pas de peine à le croire.
Hebien, mon fils, l'amour eſt le prix de la gloire.
Il vous en a lui-même applani le chemin ;
Soyez digne d'Agathe, & méritez ſa main.

AIR.

Rien ne plait tant aux yeux des belles
Que le courage des guerriers.
Qu'ils soient vaillans, qu'ils soient fideles;
A leur retour je réponds d'elles.
　　L'amour sous les lauriers
　　N'a point vu de cruelles.
Rien ne plait tant aux yeux des belles
Que le courage des guerriers.
Sous les Drapeaux, quand la trompette sonne,
　Chacun se dit : » Voilà l'instant ;
　　» L'amour m'attend ;
» Et dans ses mains est la couronne.
» Qu'il nous regarde, & qu'il la donne
　　» Au plus vaillant,
　　» Au plus brillant.
　　» Voilà l'instant ;
　　» L'amour m'attend ;
» Et dans ses mains est la couronne. »
Il a raison : l'amour l'attend.
Rien ne plait tant aux yeux des belles, &c.

CÉLICOUR, *vivement.*

Je ferai mon devoir ; je serai, je l'espere,
Digne de ma maitresse, & digne de mon pere.
Je brûle de servir ma patrie & mon Roi ;
　Et vous serez content de moi.

ORONTE.

Allons, j'en accepte l'augure.

CÉLICOUR.

Ho ! vous pouvez y croire ; & mon cœur vous l'assure :
De l'amour à la gloire on me verra vôler.
Tout ce que je demande, avant de m'en aller,
    C'est de m'unir à ce que j'aime.

ORONTE.

Quoi, mon fils ! à ton âge !

CÉLICOUR.

               Ah, mon pere ! un soldat
Est si pressé de vivre ! & vous savez vous-même
Que personne n'est jeune au moment d'un combat.
Si je meurs son époux, je meurs digne d'envie.
Mon pere, laissez-moi lui donner de ma vie
Deux beaux jours seulement : le reste est à l'Etat.

AGATHE.

(à Célicour)   (à Oronte.)

Vous me faites trembler. Non, Monsieur, non, ma mere
N'y consentiroit pas. Elle veut l'éloigner.
    Il lui déplaira s'il diffère ;
J'en suis sure, & je veux du moins vous épargner
La douleur d'un refus marqué par sa colere.

ORONTE.

    Elle a plus de bon sens que toi,
Mon fils.

CÉLICOUR.

Ah ! que n'a-t-elle autant d'amour que moi ?

AGATHE.

AIR.

L'amour le plus infenſé
N'eſt pas toujours le plus tendre.
Si le votre eſt las d'attendre,
Le mien n'eſt pas ſi preſſé.
Oui, Célicour, je vous aime;
Et c'eſt mon cœur, c'eſt lui même
Qui m'éclaire & me conduit.
Si vous aimez, ſachez feindre.
Un ſoufle, un rien peut éteindre
Le foible eſpoir qui nous luit.

ORONTE.

Qui vous preſſe en effet ? Vois un peu la folie
D'épouſer à vingt ans femme jeune & jolie,
Et de la laiſſer là ?

CÉLICOUR.

Mon pere ! vous ſavez
Quels ſont les écueils de mon âge.
Vous m'avez tant dit d'être ſage !
Aidez-moi donc à l'être. Hélas ! vous le pouvez.
Pour la fougue de la jeuneſſe
Eſt-il un frein plus aſſuré
Que ce lien chéri, que ce nœud révéré,
Dont l'amour & l'honneur nous occupent ſans ceſſe ?

ORONTE.

Oui, je ſens bien que le devoir
Peut beaucoup ſur une ame honnête;

Et

Et ma sœur n'auroit qu'à vouloir :
Moi , je m'en ferois une fête.

AGATHE.

Mon oncle , perdez cet espoir.

TRIO.

CÉLICOUR.	ORONTE.	AGATHE.
Laissez agir mon pere.	Voyez : je suis bon pere.	Je connois bien ma mere.
Il peut, avec douceur,	Je puis, avec douceur,	Severe avec douceur,
Lui dire : allons, ma sœur,	Lui dire : allons, ma sœur,	Elle diroit : non, non, mon frere.
Ma sœur, point de colere.	Ma sœur, point de colere.	Vous avez tort.
Nos enfans n'ont pas tort.	Nos enfans n'ont pas tort.	Ma fille a tort.
Comme eux soyons d'accord.	Comme eux soyons d'accord.	

ENSEMBLE.

CÉLICOUR.	ORONTE.	AGATHE.
Elle diroit, ils n'ont pas tort.	Je lui dirois , ils font d'accord.	Elle diroit, ma fille a tort.

ORONTE.

Est - ce la fortune
Qui fait les heureux?

CÉLICOUR.

S'aimer, en est une
Qui remplit nos vœux.

AGATHE.

La mode importune
S'oppose à ces noeuds.

B

CÉLICOUR.	ORONTE.	AGATHE.
He quoi! l'amour est-il un tort? Non, non, l'amour n'eſt pas un tort.	He quoi! l'amour eſt-il un tort? Non, non, l'amour n'eſt pas un tort.	Elle diroit, ouſ c'eſt un tort.

AGATHE.

Ecoutez. Mieux que vous je ſais ce qui ſe paſſe.
C'eſt Cliton qui vous nuit ; & c'eſt lui qui vous chaſſe.

CÉLICOUR.

Ah ! ſi je m'en croyois !

AGATHE.

Point de vivacité.
Soyez ſage, & laiſſez moi faire.
Cliton croit ſe jouer de ma ſimplicité ;
Mais je veux qu'il nous ſerve ; & j'en fais mon affaire.

AIR.

Je ne fais ſemblant de rien ;
Mais j'obſerve, je remarque.
Laiſſez-moi mener ma barque.
Paix donc ! paix ! tout ira bien.
C'eſt un plaiſir bien flateur,
De ſe jouer, à mon age,
D'un fripon qui fait le ſage,
Et de tromper un trompeur !
Je ne fais ſemblant, &c.
Je vois de loin ſon adreſſe ;
Et ſous cape je m'en ris.
Le chat guette la ſouris ;
Mais au piege qu'il me dreſſe
Lui-même il va ſe voir pris.
Je ne fais ſemblant, &c.

Fin du premier Acte.

ACTE SECOND.

SCENE PREMIERE.

ORONTE, CÉLICOUR, ORFISE, CLITON.

ORONTE.

MA fœur, voilà mon fils qui vient vous rendre
graces.

ORFISE.

Mon neveu, votre pere a bien fervi fon Roi ;
C'eft à vous de fuivre fes traces.

CÉLICOUR.

Son exemple, Madame, & ce que je vous doi,
Préfent à mon efprit, m'occupera fans ceffe.

ORFISE.

Quand partez-vous ?

CÉLICOUR.

Bientôt.

ORFISE.

Au plutôt, croyez-moi
B ij

CLITON, *gravement.*

C'eſt dans l'oiſiveté que ſe perd la jeuneſſe.

CÉLICOUR, *à demi voix.*

He ! Monſieur !

ORFISE.

Il ne faut qu'un malheureux moment ,
Mon frere. Allons , point de foibleſſe.
Son équipage fait, qu'il parte inceſſament.

(Le pere & le fils ſe retirent.)

SCENE II.

ORFISE, CLITON,

CLITON.

Vous avez fait , Madame , une choſe admirable.

ORFISE.

J'ai ſuivi vos conſeils.

CLITON.

Ah ! vous les devancez.
Toujours le mieux poſſible eſt ce que vous penſez.
Quelle ame ! quelle ame adorable !
On ne vous connoît pas. Je voudrois qué l'on ſut
Tout ce que vous valez , Madame.

De l'homme, à ce qu'on dit, la force eſt l'attribut;
Mais la délicateſſe eſt celui de la femme,
Ce que nous méditons vous l'avez deviné ;
Et la raiſon, qu'en nous l'on vante,
N'eſt que la très-humble ſervante
De cet heureux inſtinct, qui chez-vous eſt inné.

ORFISE.

Ah ! Cliton, que l'on gagne au commerce d'un ſage !
Vous m'ennobliſſez à mes yeux.
Je ne ſais pas ſi je vaux mieux ;
Mais je m'eſtime davantage.

CLITON.

Non, Madame, non, pas aſſez :
Vous êtes encor trop modeſte.

ORFISE.

Vous croyez ?

CLITON.

Vous êtes céleſte.

ORFISE.

Mais vous, peut-être auſſi vous vous éblouiſſez ?

AIR.

La louange eſt un miroir,
Qui nous flate & nous abuſe.
On l'éloigne, on ſe refuſe
Au doux plaiſir de s'y voir.

Mais certain je ne sais quoi
Fait que, timide & confuse,
On y revient malgré soi.
Vous me trompez, je le vois,
Et je me le dis sans cesse,
Hé bien, telle est ma foiblesse
Qu'en rougissant je vous crois.
La louange, &c.

CLITON.

Moi ! vous tromper ! jamais. Non, jamais je ne flate.
Par exemple, je vous dirai
Que ce beau naturel, que j'ai tant admiré,
Dégénère un peu dans Agathe.
Elle a de l'enjoûment, de la vivacité,
Même quelque lueur de sensibilité ;
Mais ce tact de l'esprit, cette raison sublime,
Ce feu divin qui vous anime,
Pardon, je ne crois pas qu'elle en ait hérité.
Je sens que je suis trop sévere ;
Je devrois un peu plus ménager une mere ;
Mais je n'ai jamais su trahir la vérité.

ORFISE.

Un cœur que vous formez sera du moins honnête.

CLITON.

Oui, je vous réponds de son cœur.
Mais je commençois d'avoir peur
Que le petit cousin ne lui tournât la tête.

AIR.

Dans la brulante faifon,
Vers la fin d'un jour tranquile,
Vous voyez fur l'horizon
Comme une vapeur fubtile.
Ce n'eft d'abord qu'un éclair
Qui voltige & qui fend l'air.
Bientôt s'éleve un nuage;
Et ce nuage s'étend.
Le ciel gronde; & dans l'inftant
L'éclair devient un orage.
C'eft tout de même en amour;
Et de l'éclair au ravage,
L'intervale n'eft qu'un jour.

ORFISE.

Il faut à ma fille, à fon âge,
Un guide fur, un homme fage;
Et, fans parler du bien qui manque à mon neveu;
Jamais cet amour là n'auroit eu mon aveu.

CLITON.

Quelle mere !

ORFISE.

Ajoutez, quel ami ! dont le zele
Penfe à tout ! prévoit tout !

B iv

CLITON.

> Hélas ! vous en aurez
> Aisément de plus éclairés ,
> Mais aucun qui soit plus fidele.

ORFISE.

Je n'en cherche point d'autre, & vous me suffirez.
> (à un Laquais.)   (à Cliton.)
Holà ! quelqu'un... Ma fille ,... Il est tems qu'elle
> vienne
> Prendre sa leçon. Vous serez
> Seul avec elle ; & vous lirez
Dans son ame.

CLITON.
> Ho ! j'y vois plus clair que dans la mienne.

SCENE III.

CLITON, ORFISE, AGATHE,

ORFISE.

VOILA bien des jours dissipés,
Ma fille, & perdus pour l'étude.

AGATHE.

Hélas, oui.

CLITON.

Nos momens seront mieux occupés.

ORFISE.

Allons, reprenez l'habitude
D'une sage application.

AGATHE.

C'est bien mon inclination.
Mais mon cousin vouloit sans cesse
Que nous fussions ensemble. Il aime à s'amuser,
Mon cousin. Moi, par politesse,
Je n'osois pas le refuser.

ORFISE.

De quoi parliez-vous?

AGATHÉ.

Bon ! que fais-je ?
Des tours qu'il faifoit au collége
Quand il étoit petit garçon,
De l'éxercice, du manége ,
De la guerre , & de la façon
Dont il fe conduiroit pour avoir de la gloire.
Tout cela m'ennuyoit, comme vous pouvez croire ;
Et j'aimois bien mieux ma leçon
De géographie & d'hiftoire.

CLITON.

Elle eft naïve.

ORFISE.

Elle a du moins
La franchife de l'innocence.
Je vous laiffe. Ah , Cliton ! quelle reconnoiffance
Ne devrai-je pas à vos foins !

SCENE IV.

CLITON, AGATHE.

CLITON.

ALLONS, Mademoiselle ! il faut vous rendre digne
D'une mere accomplie.

AGATHE.

Hélas ! je le veux bien.

CLITON.

Quelle docilité ! vous le voulez ? hé bien,
Cette émulation eſt d'abord un bon ſigne.
Vos cartes, votre globe.

AGATHE.

Ah ! je les ai laiſſés,
Je vais....

CLITON.

Non, demeurez. C'eſt moi....

AGATHE.

Vous ne ceſſez
De vous donner pour moi des peines !

CLITON.

Qu'elles vous plaiſent, c'eſt aſſez.

(Il ſort.)

SCENE V.

AGATHE, *seule.*

JE te réponds qu'elles sont vaines.

AIR.

Si quelquefois tu sais ruser,
Amour, apprends-moi l'art de feindre.
Tu n'auras jamais à t'en plaindre.
Je ne veux point en abuser.
Ne crains pas qu'un voile trompeur,
A mon Amant cache mon ame.
C'est au pur éclat de ta flâme
Qu'il lira toujours dans mon cœur.

Si quelquefois, &c.

SCENE VI.

AGATHE, CLITON. *Ils s'asseyent.*

CLITON.

QUEL pays avons-nous parcouru?

AGATHE.

L'Italie:

CLITON.

Comment! vous vous en souvenez?

AGATHE.

Ho ! n'ayez pas peur que j'oublie
Les leçons que vous me donnez.

CLITON.

Nous allons à préfent voyager dans la Grece,
Pays autrefois fi vanté,
Où fleuriffoient les arts, les talens, la beauté,
La Poëfie enchantereffe.

AGATHE.

'Ah ! que j'aurois voulu voir ce beau pays-là !

CLITON.

Oui, belle Agathe, c'étoit-là
Que vous êtiez digne de naître,
Avec ces attraits ingénus,
Si l'on vous avoit vu paroître
A la fête d'Hébé, de Flore, de Vénus !

AGATHE.

Flore, Vénus, Hébé, ces noms me font connus.

CLITON.

Affurément ils doivent l'être.

AGATHE.

Flore, la Déeffe des fleurs ;
Hébé, celle de la Jeuneffe ;
Mais Vénus ?

CLITON.

La Reine des cœurs,
Des plaifirs l'aimable Déeffe.

AGATHE.

Hé ! ouï, la mere de l'Amour,
Dont les plaisirs formoient la cour,
Et dont les jeux suivoient les traces :
Je lisois cela l'autre jour.

CLITON.

Vous oubliez vos sœurs.

AGATHE.

Moi ! mes sœurs ! qui ?

CLITON.

Les Graces.

AGATHE.

Ah, Cliton ! les Graces, mes sœurs !

CLITON.

En les nommant ainsi, soyez bien sûre, Agathe,
Que ce n'est pas vous que je flate.

AGATHE.

Toujours à vos leçons vous mêlez des douceurs.
Mais ces fêtes d'Hébé, de Vénus & de Flore,
Cela devoit être bien beau !

CLITON.

Hélas ! si beau, que même encore
Le souvenir en est un magique tableau.

AIR.

Ah ! dans ces Fêtes,
Que de conquêtes
L'Amour n'eût pas
Fait sur vos pas !
Dans quelle ivresse,

Toute la Grece
N'eût-elle pas
Célébré tant d'appas!
On eût dit: la voilà, c'est elle,
Qui ne le céde qu'à Cypris.
Donnons le prix
A la plus belle.
La voilà, la voilà, c'est elle.
A la plus belle
Donnons le prix.

Ah! dans ces fêtes, &c.

La Grece avoit des Sages;
Vous les auriez vu tous,
Au pied de vos images,
Préfenter les hommages
Et les vœux les plus doux.
Oui, leur encens n'eût brûlé que pour vous.

Ah! dans ces fêtes, &c.

AGATHE.

Je fuis confufe, en vérité....
Si l'on avoit la vanité
De vous croire... eft-ce donc là comme
Un fage?....

CLITON.

Agathe, un Sage eft homme:
La fageffe n'eft pas l'infenfibilité.

AGATHE.

Quoi! vous n'êtes pas infenfible!

CLITON.

Infenfible avec vous! le croyez-vous poffible?

AGATHE.

'Allons, voyons la Grece.

CLITON.

Ho! pas encor.

AGATHE.

Laiffez,

Laiffez mes mains.

CLITON.

Je céde au pouvoir invincible....

AGATHE, *en fe levant.*

Vous n'y penfez pas. Finiffez.

DUO.

CLITON.

Plus de myftere,
Plus de détour.
Non, non, l'Amour
Ne peut fe taire.
C'eft une ivreffe que l'amour.

AGATHE.

Qu'avez-vous donc qui vous altere?
A nos leçons que fait l'amour?

CLITON.

C'eft comme un feu qui me brûle.

AGATHE.

Ho! je ne fuis pas fi crédule.

CLITON.

Je vous dis que c'eft un feu.

AGATHE.

Je vois bien que c'eft un jeu.

AGATHE.

CLITON.
Mais je vous dis que c'est un feu.

AGATHE.
Moi, je vous dis que c'est un jeu.

CLITON.
Répondez à ma tendreffe.

AGATHE.
C'est donc là qu'étoit la Grece?
Ne penfons
Qu'à nos leçons.

CLITON.
Ah! laiffons-là nos leçons.

AGATHE.
Ah! finiffons nos leçons.
Ne parlons que de la Grece.

CLITON.
Ah! laiffons-là nos leçons.
Ne parlons que de tendreffe.

AGATHE.
Voyez à quoi je m'expofe,
Si l'on fait, dans la maifon,
Que c'est moi qui fuis la caufe
Que vous perdez la raifon.

CLITON.
Hé! non, non, n'ayez pas peur
Que jamais je vous expofe.
C'est le fecret de mon cœur.

AGATHE.
La colere
De ma mere
Me fait peur.

CLITON.

N'ayez pas peur.
Je fais brûler & me taire.
C'est le secret de mon cœur.

AGATHE.

Voilà le tems qui se passe.
Ah ! de grace !
Laissez-moi.

CLITON.

Voilà le tems qui se passe.
Ah ! de grace !
Écoutez-moi.
Je meurs d'amour.

AGATHE.

Je meurs d'effroi.

CLITON.

Non, je ne suis plus à moi.

Quoi ! vous refusez de m'entendre !
Quoi ! l'ami le plus vrai, quoi ! l'amant le plus tendre
Ne peut un moment vous parler !
Le tems de nos leçons est le seul qu'on nous laisse.

AGATHE.

Maman nous observe sans cesse.
Laissez-moi. Je veux m'en aller.

CLITON.

Si du moins j'osois vous écrire !

AGATHE.

M'écrire! à quoi bon? & sur quoi?

CLITON.

Que n'aurois-je pas à vous dire?

AGATHE.

Je balance, je n'ose, & je ne sais pourquoi ;
Car enfin vos écrits sont des leçons pour moi :
C'est m'éclairer que de vous lire.

SCENE VII.

CLITON, seul.

AIR.

AH ! je triomphe de son cœur,
Je suis aimé, je suis vainqueur.
Quelle innocence !
Quelle candeur!
C'est le désir dans sa naissance ;
C'est le plaisir dans sa fleur.

Ah ! je triomphe, &c.

De l'amour, dans ma lettre,
Le poison va couler.
D'un feu qui la pénètre,
Ma plume va brûler.

C ij

Elle lira,
S'attendrira;
Et dans son âme,
Un trait de flâme
Se glissera,

Oui, je triomphe de son cœur.
Je suis aimé, je suis vainqueur.

Fin du second Acte.

ACTE TROISIEME.

SCENE PREMIERE.

AGATHE, *feule, une lettre à la main.*

JE l'ai, cette preuve parlante.
Ho! ho! l'ami de la maison,
Le Sage fi vanté, vous perdez la raison!
Relifons fa lettre..... Excellente !

AIR.

Bon! mieux encor! oui, c'eft cela..
Le digne Mentor que j'ai là!
Le pauvre homme! c'eft dommage!
Il ne dort pas de la nuit.
    C'eft dommage!
    Mon image
Le tourmente & le pourfuit.
Bon! mieux encor! oui, c'eft cela.
Le digne Mentor que j'ai là!
Je crois voir d'ici ma mere,

Lifant ce joli poulet,
Sa furprife, fa colere,
Et la mine qu'elle fait.
Son ami ne la craint guère:
Il me le dit clair & net.
Hé! oui vraiment, oui, c'eft cela.
C'eft un tréfor que je tiens-là.

(Agathe baife la lettre.)

SCENE II.

AGATHE, CÉLICOUR.

CÉLICOUR.

QUE vois-je ? quelle eft cette lettre,
Qu'avec ce tranfport vous baifez ?

AGATHE.

Ce n'eft rien.

CÉLICOUR.

Ce n'eft rien ! voulez-vous bien permettre ?

AGATHE.

Non, Monfieur.

CÉLICOUR.

Vous me refufez ?

AGATHE.

Mais ce n'est rien, vous dis-je.

CÉLICOUR.

Agathe !

AGATHE.

Un badinage ;

Qui ne mérite pas la curiosité.

CÉLICOUR.

'Agathe !

AGATHE.

Non, en vérité ;

Ce n'est qu'un jeu.

CÉLICOUR.

Voyons. Je gage

Que cette lettre vient du Couvent.

AGATHE.

Du Couvent ?

Non.

CÉLICOUR.

Quelque compagne chérie
Qui vous écrit, je le parie.

AGATHE.

Non.

CÉLICOUR.

Non !

AGATHE.

Non. C'est d'un homme. Etes-vous plus savant ?

CÉLICOUR.

D'un homme !

AGATHE.

Oui, oui, d'un homme.

CÉLICOUR.

Et vous baisez sa lettre ?

AGATHE.

Si vous voulez bien le permettre,

CÉLICOUR,

Quelque parent ?

AGATHE.

Non.

CÉLICOUR, *vivement.*

Non ! je saurai ce que c'est ?

AGATHE.

Mais, vous le saurez, s'il me plaît,

CÉLICOUR.

Seulement voyons de quel stile,

AGATHE.

Célicour, vous m'avez promis
Que si je vous aimois, vous feriez doux, tranquile,
Modéré, docile, & foumis ?

CÉLICOUR.

Vous voyez, je le fuis. Mais...

AGATHE.

Point d'impatience,
Les amants, comme les amis,
Se doivent l'un à l'autre un peu de confiance,

CÉLICOUR.

J'en ai, Mais...

AGATHE.

Croyez-vous, ou non,
Que je vous aime ?

CÉLICOUR, *en tremblant.*

Hélas ! je le crois.

AGATHE.

Tout de bon ?

CÉLICOUR, *de même.*

Oui, tout de bon.

AGATHE.

Croyez de même
Qu'on ne trahit pas ce qu'on aime.

CÉLICOUR, *vivement.*

Non, mais pour ce qu'on aime on n'a point de secret.

AGATHE, *d'un ton imposant.*

Vous vous fâchez !

CÉLICOURT, *timidement.*

Moi ! non.

AGATHE.

Je veux qu'on soit discret.
Comment ! si j'étois votre femme,
Monsieur tous les matins auroit donc l'œil au guet,
Pour demander à voir le plus petit billet
Que l'on écriroit à Madame !

CÉLICOUR.

Ho ! non. Ce seroit abuser...

(*Vivement.*)

Mais cette lettre enfin, je vous la vois baiser,
Et baiser de toute votre ame.

AGATHE.

Vraiment ! fi je l'avois déchirée à vos yeux,
Vous n'en feriez pas curieux,
Je le crois bien. Le beau mérite !
La confiance eſt de me voir
La lire, la baiſer, fans vous en émouvoir ;
Et fans me demander qui peut l'avoir écrite.

CÉLICOUR.

Cela fe peut-il propoſer ?
Là, je m'en raporte à vous-même.

AGATHE.

Oui, Monſieur, voilà comme on aime ;
Et fur la bonne foi l'on doit fe repoſer.

DUO.

CÉLICOUR.

Tout ce qu'il vous plaira;
Mais ce refus me bleſſe.

AGATHE.

Tout ce qu'il vous plaira;
Mais le foupçon me bleſſe.

CÉLICOUR.

Si c'eſt une foibleſſe,
L'Amour l'excuſera.

AGATHE.

Si c'eſt une foibleſſe,
L'Amour vous guerira.

CÉLICOUR.

Et fi l'on m'aime, on me plaindra.

AGATHE.

Et fi l'on m'aime, on me croira.

CÉLICOUR.
Mais qu'est-ce qu'il en coute,
D'appaiser son Amant ?
AGATHE.
Jusqu'à l'ombre du doute,
Est un crime en aimant.
CÉLICOUR.
Vous me voyez tremblant ;
Et de m'être infidelle
Vous faites le semblant.
AGATHE.
Si ce n'est qu'un semblant,
Et si je suis fidelle,
Ne soyez plus tremblant.
CÉLICOUR.
Tout ce qu'il vous plaira , &c.
AGATHE.
Tout ce qu'il vous plaira , &c.
CÉLICOUR.
He bien je t'en croi.
Sur ta bonne foi,
A tout je m'expose.
Je n'ai plus de doute avec toi.
AGATHE.
C'est assez pour moi.
Sur ma bonne foi
Ton cœur se repose.
Je n'ai plus de secret pour toi.

Tiens , lis.

CÉLICOUR.
Non , je ne veux pas lire.
Tu m'aimes ; je le crois ; cela doit me suffire.

AGATHE.

Lis, lis, quelques mots seulement.

CÉLICOUR.

Si tu le veux abfolument,
Il faut bien t'obéir... Quoi ! c'eft Cliton !

AGATHE.

Lui-même:

CÉLICOUR.

Que vois-je ? Il vous dit qu'il vous aime !

AGATHE.

Affurément.

CÉLICOUR.

Et vous baifez
Cette lettre infolente !

AGATHE, *avec impatience.*

Ho ! de grace, lifez.

CÉLICOUR *lit.*

» Oui, belle Agathe je vous aime.
» Votre image fans ceffe, en tous lieux me pourfuit.

AGATHE.

Ce n'eft rien que cela. Paffez à ce qui fuit.

CÉLICOURT *lit.*

» Je ne me connois plus moi-même.
» Tous les jours enivré du plaifir de vous voir,
» Près de vous je refpire un feu qui me confume.
» La raifon veut l'éteindre, & l'amour le ralume
» Aux foibles rayons de l'efpoir.
» Ah ! laiffez cet efpoir à mon âme enflâmée.
» Livrez-vous au plaifir d'aimer & d'être aimée.

» Croyez qu'il n'eſt rien ſous les cieux
» Ni de plus doux , ni de plus ſage.
» Voyez quels momens précieux
» L'amour attentif nous ménage ;
» Ah ! qu'ils ſeroient délicieux
» Si nous ſavions en faire uſage ! »

AGATHE.

Continuez.

CÉLICOUR.

L'audacieux !
Quel égarement ! quel délire !

AGATHE.

La fin , ſurtout , eſt bonne à lire.

CÉLICOUR lit.

» Doutez-vous que l'himen ne ſouſcrive à des nœuds
» Qu'aura formés l'amour ? Allez , ſoyez tranquile.
» A votre mere il m'eſt facile
» D'inſpirer tout ce que je veux.
» Que n'êtes-vous auſſi docile !
» Rien ne manqueroit à mes vœux.

AGATHE.

Qu'en dites-vous ?

CÉLICOUR.

Quelle inſolence !
Votre mere lira cette lettre.

AGATHE.

Un moment.

CÉLICOUR.

Moi ! garder avec lui quelque ménagement !
Non, non, rien ne sauroit me forcer au silence.

AGATHE.

Vous êtes un peu vif. (*bas.*) Voyons s'il est méchant.
Oui, vous serez vengé, si vous aimez à l'être.
Dès que maman va le connoître....

CÉLICOUR.

Il aura son congé, n'est-ce pas ?

AGATHE.

Sur le champ;

CÉLICOUR.

Sans éclat ?

AGATHE.

Sans éclat, peut-être ;
Mais tout se sait. Le bruit en sera répandu ;
Et les noms de fourbe & de traître
Lui seront prodigués. C'est un homme perdu.

CÉLICOUR.

Quoi ! perdu, pour une folie !
Cela seroit trop serieux.

AGATHE.

Vous croyez?

CÉLICOUR.

Ma foi, j'aime mieux
Qu'elle demeure ensevelie.
Après tout, cet homme a des yeux ;

Il vous voit tous les jours, tous les jours embelie ;
Et fans être un homme odieux,
On peut vous trouver fort jolie.

AGATHE.

Ah ! je fuis tranquille à préfent ;
Et comme je voulois, cette épreuve m'éclaire.

CÉLICOUR.

Serois-je digne de vous plaire,
Digne de vous aimer, fi j'étois malfaifant ?

      (Il veut déchirer la lettre.)

AGATHE.

Ne déchirez pas.

CÉLICOUR.

    Bon ! pourquoi ?

AGATHE.

       Je veux lui faire
Peu de mal, mais beaucoup de peur.
Ce n'eft pas trop, je crois, pour punir un trompeur.

CÉLICOUR.

Ho ! non.

AGATHE.

    Vous ferez en colere ;
Et Cliton, pour vous appaifer,
N'ayant rien à vous refufer,
Lui-même à nous unir engagera ma mere.

CÉLICOUR.

A merveille ! au moyen de fa lettre... Oui, je vois,
Belle Agathe, & je fens tout ce que je vous dois.

(Il fe jette à fes genoux, & lui baife la main.)

SCENE III.

CLITON, CÉLICOUR, AGATHE.

AGATHE, *appercevant Cliton.*

V(*Bas.*)   (*Haut.*)
VOICI Cliton. Quelle folie !
Un Capitaine à mes genoux !
Eſt-ce là votre poſte ?

CÉLICOUR.
                Il me ſeroit bien doux !

AGATHE.
Si votre Colonel vous voyoit ?

CÉLICOUR.
                De ſa vie

Il n'auroit été ſi jaloux.

AGATHE.
Allons, finiſſez. Levez-vous.

CÉLICOUR.
Songez que dans peu je vous quitte.

AGATHE.
Ne m'avez-vous pas fait vos adieux ? Tout eſt dit.
Allez vous-en bien loin, & m'oubliez bien vîte.

CLITON.

CLITON, *à part.*
Bon ! comme il a l'air interdit !
(*à Célicour.*)
Ah ! je vous y prends , petit traître ;
Petit séducteur ! c'est ainsi
Que de la liberté que l'on vous donne ici ?...
Je suis ravi de vous connoître.
CÉLICOUR.
Qu'ai-je fait ?
CLITON.
Vous croyez peut-être
Que je n'ai pas vû ? Libertin !
AGATHE.
Oui , grondez-le bien fort ; car c'est un vrai lutin.
CLITON.
Tremblez jeune insensé.
Sa mere va m'entendre ;
Et vous serez tancé.
Demain , sans plus attendre ,
Partez , partez d'ici.
Agathe le veut ainsi.
Voyez-vous, dans sa rougeur ,
Comme la colere éclate !
Appaisez-vous , belle Agathe !
Je serai votre vengeur.
Tremblez jeune insensé.
Sa mere va m'entendre ;
Et vous serez tancé.
Demain , sans plus attendre ,
Partez , partez d'ici.
Agathe le veut ainsi.

CÉLICOUR.

Qu'elle ordonne ; il suffit. Mais vous, il vous sied bien
D'employer ici la menace ?
Vous voulez me chasser ? Et c'est moi qui vous chasse.
(*Il lui montre sa lettre.*)
Voilà votre congé , bien plus sur que le mien.

CLITON, *à Agathe.*

Quel est ce congé ?

AGATHE.

Ce n'est rien.
C'est ce billet , ce badinage,
Que vous m'avez écrit.

CLITON.

Il l'a vû !

CÉLICOUR, *à part.*
Le courage,
Va lui manquer.

CLITON.
O ciel !

AGATHE.
Ne soyez point faché :
C'est mon cousin : pour lui je n'ai rien de caché.

CLITON.
Je suis trahi ! perdu !

CÉLICOUR.
J'aime à voir de quel stile
Un sage écrit à sa pupile.
Libertin ! séducteur !

CLITON.

J'avois perdu l'efprit ;
Je l'avoue. Ah ! rendez, rendez moi cet écrit.

CÉLICOUR.

Non.

CLITON.

De grace.

CÉLICOUR.

Peine inutile.

CLITON.

Agathe !

AGATHE.

Allez, foyez tranquile.
Il ne le montrera qu'à ma mere.

Elle fort.

SCENE IV.

CÉLICOUR, CLITON.

CLITON.

AH! serpent!

(*à part.*)
Que vais-je devenir si cela se répand ?

DUO.

CLITON.

J'ai fait une grande folie.
Je le sens bien!

CÉLICOUR.

Je le crois bien.

CLITON.

Hélas! quel malheur est le mien!
Mais quoi, le plus sage s'oublie.

CÉLICOUR.

On ne peut pas toute sa vie
Jouer si bien l'homme de bien.

CLITON.

Souvent le plus sage s'oublie.

CÉLICOUR.

Souvent le plus rusé s'oublie.

CLITON.

J'ai fait une grande folie.
Hélas! quel malheur est le mien!

CÉLICOUR.

On ne peut pas toute sa vie
Jouer si bien l'homme de bien.

CLITON.

Mon cœur me le reprochoit bien;
Mais Agathe est si jolie!

CÉLICOUR.

Ho! très-jolie!
Oui, j'en convien.

CLITON.

N'en dites rien, je vous supplie,
Dans la maison n'en dites rien.

CÉLICOUR.

Pour cela non. Je vous supplie
De trouver bon qu'il n'en soit rien.

CLITON.

J'ai fait une grande folie. &c.

CÉLICOUR.

Finissons. Vous avez du crédit sur ma tante;
A garder le secret voulez-vous m'engager?

CLITON.

Si je le veux!

CÉLICOUR.

Je puis encor vous ménager.
J'aime Agathe. A mes vœux que sa mere consente;
Et je veux bien tout oublier.

CLITON.

Que n'ai-je le crédit dont je vois qu'on me flate!
Mais...

CÉLICOUR.

Point de *mais*. Je n'ai qu'un mot: la main d'Agathe;
Si non, je vais tout publier.

D iij

SCENE V.

CLITON, *seul.*

AH! quelle adresse!
La traîtresse!
Comment prévoir
Un trait si noir?
Ah! mon ivresse,
Ma tendresse,
Mon ivresse
Ne m'a fait voir
Qu'un fol espoir.
C'est par moi, par moi-même
Qu'elle a su me punir.
A mon rival qu'elle aime,
C'est moi qui vas l'unir.
Dans ce péril extrême
Sauvons du moins l'honneur.
Faisons.... Quoi? Leur bonheur!
Ah! qu'elle adresse! &c.

SCENE VI.

ORFISE, CLITON.

ORFISE, *avec émotion.*

Vous êtes là, Cliton, bien calme & bien tranquile ;
Et moi, je suis dans la douleur.
Ma fille....

CLITON.

Hé bien ?

ORFISE.

Votre pupile.....
Vous m'avez prédit mon malheur.
Elle est amoureuse à son âge,
De mon étourdi de neveu ;
Et mon frere, cet homme sage,
Me demande, à moi, mon aveu.

CLITON.

On sait que vous êtes si bonne !

ORFISE.

Je le suis ; mais non pas assez
Pour former ces nœuds insensés.
N'ayez pas peur que j'abandonne
Ma fille à ses foles amours ;
Et pour en abréger le cours,
Je vais lui déclarer l'époux que je lui donne.

D iv

CLITON.

Vous avez fait un choix ?

ORFISE.

Oui, le choix d'un époux
Aimable & vertueux, éclairé, sage & doux,
D'un caractère honnête & d'un esprit solide,
Qui sera son ami, son conseil & son guide ;
Et cet homme unique, c'est vous.

CLITON.

Moi, Madame ?

ORFISE.

Oui, vous-même.

CLITON, *à part.*

Ah ! maudite imprudence !

ORFISE.

Ma fille est sous ma dépendance.
Je disposerai de sa main.
Et quant à mon neveu, nous nous quittons demain.

CLITON, *à part.*

Qu'ai-je fait ?

SCENE VII,

ORFISE, CLITON, ORONTE, AGATHE, CÉLICOUR.

ORFISE.

Oui, demain nous nous quittons mon frere;

ORONTE.

Ma sœur, en vérité je ne sais pas pourquoi
　Vous vous êtes mise en colère.
　Nos enfans s'aiment : je n'y voi,
Ni crime, ni malheur. Ils sont de bonne foi ;
　　Et tous deux en âge de plaire.
　　Vous êtes plus riche que moi ,
Voilà tout.

ORFISE.

Fi, Monsieur ! quelle indigne pensée !
Riche, ou non, votre fils est un jeune étourdi.
　　Ma fille une jeune insensée ;
Moi, Monsieur, je suis mere, & je suis offensée ;
Ils ne se verront plus. C'est moi qui vous le di.

ORONTE.

Voulez-vous que ce soit la raison qui l'emporte,
Ma sœur ? prenons quelqu'un qui nous mette d'accord;
　　Cliton, votre ami, peu m'importe,
　　C'est à lui que je m'en raporte;
　　Et je céderai, si j'ai tort.

ORFISE.

Vous prenez Cliton pour arbitre !

ORONTE.

Oui ma sœur. N'est-ce pas un sage ?

ORFISE.

Assurément !

ORONTE.

Hébien, qu'il nous juge à ce titre.

ORFISE.

Volontiers. Je souscris d'avance au jugement.

ORONTE.

Sans appel ?

ORFISE.

Sans appel. La faveur n'est pas grande.

ORONTE.

C'est tout ce que je vous demande.
Çà, notre juge, allons, prononcez librement.

CLITON, à part.

Que dirai-je ?

CÉLICOUR, bas.

Parlez, ou je parle moi-même.

CLITON.

Vous avez sur Agathe un empire suprême ;
Madame ; & vos desirs sont pour elle des loix.

ORFISE, à Oronte.

Hébien ?

CLITON *.

Mais une mere, à ses enfans qu'elle aime,
De son autorité ne fait sentir le poids,
Qu'avec une douceur extrême.

ORFISE.

Ne m'avez-vous pas dit cent fois,
Qu'il seroit imprudent de les unir ensemble?

CLITON.

Oui.... Mais à présent il me semble
Plus dangereux encor d'exercer tous vos droits.

ORFISE.

Monsieur, point de foiblesse, & point de déférence.
(bas.)
Voulez-vous leur donner sur vous la préférence ?

CLITON.

Ah Madame ! je sens tout ce que je vous dois.

ORFISE.

Prononcez donc.

CLITON.

J'hésite, & ce n'est pas sans cause.
A des regrets, sans doute, un fol amour expose ...
Mais Agathe a choisi ; je souscris à son choix.

ORFISE.

Mais, Monsieur, c'est à vous que ma fille est promise ;
Et c'est à moi qu'elle est soumise. ..

————————————————————

* Chaque fois que Cliton paroît pencher du côté de la mere,
Célicour lui montre la Lettre, & la peur lui fait changer d'avis.

ORONTE, & CÉLICOUR.

Lui ! lui ! l'époux d'Agathe !

CLITON.

     Ah Madame ! Cessez
D'affliger ces deux cœurs que l'amour a blessés.

ORFISE.

C'est vous Cliton ! c'est vous qui voulez que je livre
Ma fille à ce jeune homme !

CLITON.

     Oui, faisons deux heureux ;
Madame : auprès de vous, sous vos yeux ils vont
   vivre ;
Et vous serez sage pour eux.

ORFISE.

Non, cela n'est pas concevable ;
Quel homme !

ORONTE.

Allons ma sœur.

ORFISE.

     Je l'avoue, il m'accable ;

ORONTE.

Ici les vains détours ne sont plus de saison :
Il faut céder.

ORFISE.

Je céde.

CÉLICOUR.

Ah Madame !

AGATHE.

     Ah ma mere !

ORFISE.

Rendez-lui grace.

ORONTE.

Hebien, n'avois-je pas raison?

CÉLICOUR, *à part, rendant la lettre à Cliton.*

Tenez, l'homme de bien. Je me tais ; mais j'espere
Que vous ne serez plus l'ami de la maison.

QUINQUE.

ORFISE.

Le voilà, le vrai modèle
De la candeur & du zèle ;
Le vrai sage, le voilà.
Je véux que de çe trait-là
Soit fait un récit fidèle.
Dans mille ans on le lira ;
En le lisant on dira :
Le voilà, le vrai modèle
Des amis de ce tems-là.

ORONTE , AGATHE , CÉLICOUR , *en ironie.*

Le voilà, le vrai modèle
De la candeur , &c.

CLITON , *à part.*

Le voilà, le vrai modèle
De la malice femelle ;
Et sa dupe, la voilà.
Comptez, après ce trait-là,
Sur la candeur d'une belle.
En me voyant on dira :
Tu croyois te jouer d'elle,
Pauvre sot ! qu'as-tu fait-là ?

FIN.

9 782329 054193